चाचा चौधरी और वेस्ट कलेक्शन

चाचाजी, आपको एक समस्या के समाधान के लिए बुलाया गया है।
शहर में कोई नया कारनामा हुआ है क्या ?
अरुणाचल प्रदेश में प्रतिबंधित दवाइयों की तस्करी के कुछ सुराग मिले हैं।
ओह ह ह ! स्मगलिंग !
वहाँ के कमिश्नर तेसरिंग वान्ग्सू इस मामले में आपकी मदद लेना चाहते हैं।
हुम्म ! मामला गंभीर है, इसकी जांच-पड़ताल तो वहीं जाकर पड़ेगी !
यह आपके यात्रा टिकट्स !
साबू, अरुणाचल की रोमांचक यात्रा के लिए बैग पैक कर लो।
अरुणाचल के नजारे जितने मनभावन हैं, साबू ! यहाँ का इतिहास भी उतना ही दिलचस्प है।
वाह ! चाची के बेलन से डरकर भागे और अरुणाचल पहुंचे।

उगते हुए सूरज के प्रदेश में आपका स्वागत है, चाचाजी !
अरुणाचल प्रशासन आप दोनों का हार्दिक अभिनंदन करता है !
धन्यवाद !
यह किसकी मूर्ति है ?
साबू ! यह महान नायक टेनजिंग है !
महान नायक टेनजिंग अरुणाचल के हीरो थे।
यानि टेनजिंग अरुणाचल के सुपर हीरो थे !
हा ! हा ! हा ! यही समझ लीजिए ! आइए, गेस्ट हाउस भी आ गया !

आप आराम कीजिए। शाम को थोड़ा सा वक्त लूंगा।
बेफिक्र रहिए, हम आपके लिए पूरा वक्त लेकर आए हैं।
चाचा चौधरी के आने से कचरा सिंह के यहां हलचल थी।
बॉस, चाचा चौधरी यहां अरुणाचल में भी पहुँच गया है!
अब वह हमारे मिशन में अपनी टांग अड़ाएगा।
गर्र र र र! चाचा चौधरी यहां से जिंदा वापस नहीं जाएगा।
वह बड़ी सी बिल्डिंग, कोई ऑफिस या फैक्ट्री तो लग नहीं रही?
वह म्युनिसपल सॉलिड वेस्ट मैनेजमेंट प्लांट है, साबू! घरों से इकट्ठा किया गया कचरा सेग्रीगेशन के बाद यहीं लाया जाता है।
कचरे को इकठ्ठा करके फिर अलग करने में इतनी मेहनत की आखिर क्या जरुरत?
साबू! बायो-डिग्रेडिबल कचरा यानि बचा हुआ खाना, फल सब्जियों के छिलके और नॉन बायो-डिग्रेडिबल जैसे प्लास्टिक और कांच की बोतलें, धातु के टुकड़े और हानिकारक केमिकल दोनों तरह की होता हैं।

आज आपसे वेस्ट कलेक्शन पर पूरी जानकारी लूंगा।
पौं!
स्वच्छ भारत अभियान और स्वच्छ भारत अभियान-2 में क्या अंतर है?
स्वच्छ भारत मिशन-2 का उद्देश्य देश को पूरी तरह से कचरा मुक्त करने का है।
हमारे शहरी विकास एवं आवास नव भागने आई.एम.सी. और पी.एम.सी. के स्वच्छता मित्रों के साथ मिलकर ईटानगर, नहारलागुन और पासीघाट में वेस्ट कलेक्शन और सेग्रीगेशन आधुनिक और आसन उपाय अपनाए हैं।
स्वच्छ भारत अभियान-2 की चमक गली-गली में दिखाई दे रही है।
घरों और सड़कों का कचरा साफ करने में मिली कामयाबी के बाद अब समाज की गंदगी को साफ करना बाकी है।
नाकाबंदी के बाद भी तस्करी रूक नहीं रही।
सारी सतर्कता के बावजूद भी नशीली दवाइयां यहां पहुंच ही जाती हैं!
बॉस, चाचा चौधरी को कमिश्नर के घर की तरफ जाते देखा है।
अपने डम्पर ट्रक की टक्कर से बना दो दुश्मन का कीमा!

तेसरिंग साहब! जल्द ही मुजरिम कानून के कब्जे में होंगे।
हमें आपकी बात पर पूरा भरोसा है।
यह कैब आपका गेस्टहाउस तक छोड़ देगी।
शुक्रिया थारंग जी! लेकिन स्वादिष्ट पकवानों को पचाने के लिए टहलकदमी की भी जरूरत तो होगी।
स्वाद के चक्कर में मैंने ज्यादा ही खा लिया।
सराट!
साबू, संभलकर!
हू-हूबा!
चाचा चौधरी का मिशन अरुणाचल का शुरू हो चुका है।
ढिशूम!
उईईईईई!
पहाड़ से पंगा लेगा मच्छर!
तेसररंग साहब, अपराध का कचरा इकठ्ठा करने के लिए हमारी लोकेशन पर गाड़ी भेजिए।

चाचा चौधरी और वेस्ट सैग्रीगेशन

चाचाजी, म्युनिसिपल सॉलिड वेस्ट मैनेजमेंट प्लांट में अलग किए गए कचरे का निपटारा कैसे होता है ?
आओ, इस प्रक्रिया को प्लांट चलकर ही समझते हैं।

वेस्ट सेग्रीगेशन में 3R की थ्योरी लागू होती है, साबू।
यह 3R क्या है, चाचाजी ?

3R यानि रिड्यूस, रियूज, और रिसाइकिल।

रिड्यूस यानि वातावरण के लिए हानिकारक चीजों जैसे पॉलिथिन की जगह कागज की पैकिंग और कपड़े के थैलों का इस्तेमाल करें।
रियूज, दुबारा उपयोग में आ सकने लायक सामान को फैंकने से बचाना। पानी पीने के लिए हर बार नई बोतल खरीदने के बजाय उसे रिफिल करके भी काम चलाया जा सकता है।
सबसे जिद्दी कचरा यानि प्लास्टिक को उपयोगी करने के लिए हमारी सरकार ने 'रिसाइकिल यूनिट्स' बनाई हैं।
वाह! यह तो काफी सूझबूझ भरा तरीका है!
इसी समझदारी को बढ़ावा देने के लिए शहरी स्थानीय निकाय आई.ई.सी.के साथ मिलकर स्टेट लेवल के अवेयरनेस कैम्पेन और वर्कशॉप चलाती है।
© PRANS FEATURES LLP

वेस्ट सेग्रीगेशन तकनीक से ही लैंड फिल्स में जमा कचरे को कम किया जा सकता है।
समझ गया! स्वच्छता अभियान में कचरा इकट्ठा करने के साथसाथ उसका सेग्रीगेशन करना भी उतना ही जरुरी है।
वेस्ट सेग्रीगेशन सफाई मित्रों को संक्रमण और चोट भी बचाता है।
सफाई मित्रों की मदद हम सबका फर्ज है, वे देश को स्वच्छ और स्वस्थ रखते हैं।
कचरा सिंह के अड्डे पर।
बॉस! कीचकीचड़ को पुलिस पकड़कर ले गई।
यह कीचकीचड़ हमेशा हड़बड़ी में गड़बड़ी कर बैठता है।
चाचा चौधरी हमारा प्लान चौपट करके हमें हरा देगा!
गर्र र र र र!
धड़ाक!
मुझे नाकामयाब और निकम्मे साथियों की जरुरत नहीं है!
आऊ ऊ!

मुश्किल समय में कचरा सिंह को अपने दोस्त गोबर सिंह की याद आई।
हेलो, गोबर सिंह!
कहो कचरा सिंह, क्या हाल है?
चाचा चौधरी हमारे काम में फिर से टांग अड़ा रहा है।
तुम्हारे पास उसे हराने की कोई योजना है?
बिलकुल, ध्यान से सुनो।
खुसर फुसर!
आपके साथ अरुणाचल की इस यात्रा में मुझे बहुत कुछ सीखने। ओह ह ह, यह क्या?
सराट!
वेस्ट वंडर पार्क! कचरे के इस्तेमाल से बनी अनोखी और दिलचस्प चीजों की प्रदर्शनी।
www.chachachaudharyindia.com
वेस्ट वंडर पार्क!
इसे देखना एक मजेदार अनुभव होगा।

चलो देखें, कबाड़ का क्या जुगाड़ किया गया है।
वेस्ट वंडरपार्क।
जी, चाचाजी!
चाचा चौधरी को देखते ही को-आर्डिनेटर ओजिंग ओनिया उनका स्वागत करने आ गए।
चाचाजी! हमारे पार्क में आपका स्वागत है!
यह सब वाकई कचरे से बना है?
बिलकुल! एस.डब्ल्यू.एम. प्लांट, एम.आर.एफ. और डप साइट्स पर सफाई मित्रों द्वारा किए गए वेस्ट सेग्रीगेशन के बाद मिली चीजों से यह सब बनाया है।
जैसे यह स्टेच्यु।
यह वाकई अद्भुत है!
यह कैसा शोर है?
बचाओ!
यह रोबोट हम सबको मार डालेगा!
रोबोट चलने लगा!
यह रोबोट चलने कैसे लगा? हमने तो किसी स्टेच्यु में कोई बैटरी नहीं लगाई!
आप भीड़ को शांत कीजिये, रोबोट को हम काबू में करते हैं।
चाचा चौधरी, तेरा अंत मेरे हाथों होकर रहेगा!

चाचा चौधरी, तेरा अंत मेरे हाथों होकर रहेगा!
अभी तुम्हें छठी का दूध चखाता हूं!
सराट!
साबू! फार्मूला नंबर 102! इस बीमार रोबोट को इलाज के लिए के भेज दो!
खों! खों!!
हू-हूबा!
ढिशूंम!
आई ई ई, मर गया!
रोबोट के हाथ में असली गन देखते ही मैं समझ गया था कि उसके अंदर कोई इंसान है। जो डराने के लिए रिकार्डेड साउंड क्लिप को लूप में प्ले कर रहा था।*
ओह ह, तभी वह बारबार एक ही बात बोले जा रहा था।
चाचाजी, आपके दिमाग का जवाब नहीं!
*चाचा चौधरी का दिमाग कंप्यूटर से भी तेज चलता है।
आह ह ह ह ह!
गर्र र र्र र्र!
इस चाचा चौधरी को मैं अरुणाचल से जिंदा वापस नहीं जाने दूंगा!

चाचा चौधरी और घरेलू कम्पोसटिंग

चाचा चौधरी: यारंग साहब, किस काम में जुटे हैं ?
मैं इस कम्पोस्ट पिट की देखभाल कर रहा हूँ।
घर के गार्डन में उचित जगह पर एक पिट बनाकर, या फिर किसी बड़े से बैरल या बॉक्स में भी यह काम किया जा सकता है।
चाचाजी, ऐसा कम्पोस्ट पिट हमने म्युनिसपल सॉलिड वेस्ट मैनेजमेंट में देखा था।
घरों में भी कम्पोसटिंग करना भी बहुत आसान है।
कचरे के ढ़ेर में कार्बन, नाइट्रोजन वाली चीजों को हम कैसे पहचानेंगे ?
सूखी पत्तियां, लकड़ी के छोटे टुकड़े, अखबार और कार्ड बोर्ड वगैरा में कार्बन पाया जाता है, वही हरी घास और पत्तियाँ, बचा-खुचा खाना और सब्जियों के छिलके आदि नाइट्रोजन का स्त्रोत होते हैं।
इसे ढककर रखने अन्दर का तापमान और नमी नियंत्रित रहती है, बनने वाले खाद में जरुरी पोषक तत्व भी सुरक्षित रहते हैं।
पापा, मैं किचिन का खराब सामान हमारे बिन में डालने के लिए लाई हूँ।
कम्पोस्ट पिट में मीट-मछली डेयरी उत्पाद, पेस्टीसाइड प्रीजरवेटिव वाली चीजें, जानवरों के अपशिष्ट या चारकोल की राख कभी भी नहीं डालनी चाहिए।

तुम्हारा वह रोबोट वाला आईडिया भी फेल हो गया !
लेकिन इस बार मेरा दाँव खाली नहीं जाएगा !
डमडीगा दवाइयों की अगली खेप लेकर आने वाली है। कहीं पुलिस हमारे माल को पकड़ न ले।
हा ! हा ! हा ! पुलिस को माल छुपाने के हमारे नए ठिकाने की भनक तक नहीं लगेगी।
www.chachachaudharyindia.com
मुझे नशीली दवाइयों का यह इंसुलेटेड बॉक्स इस कम्पोस्ट पिट के अंदर छुपाना है।
इंसुलेटेड बॉक्स में रखी होने से दवाइयां खराब भी नहीं होंगी।

वाह ! थारंग जी, क्या स्वादिष्ट भोजन परोसा है आपने !
यह सारी सब्जियां मैंने अपने किचिन गार्डन में घरेलु खाद से उगाई हैं।
इन व्यंजनों के सामने रेस्तरां का खाना तो कुछ भी नहीं !
कृत्रिम खाद और कीटनाशक का इस्तेमाल करके उगाई सब्जियों में न स्वाद होता है न पोषण।
हानिकारक केमिकल वाली खाद और कीटनाशक बारिश प्रकृति के जलचक्र को भी दूषित कर देते हैं।
मिट्टी में पाए जाने वाले माइक्रो न्यूट्रिएंट की रक्षा से हमारी आने वाली पीढ़ी को सेहतमंद खाना मिल सकता है। जमीन में पाए जाने वाले केंचुए भी प्राकृतिक खाद बनाने में मददगार हैं।
चाचाजी ! पापा ! यह देखिए मैंने अपने स्कूल असाइनमेंट के लिए कम्पोस्टिंग के टॉपिक पर पोस्टर बनाया है।
अरे वाह ! तुमने तो कम्पोसिटंग की पूरी प्रक्रिया ही चित्रों के माध्यम से दर्शा दी।
पापा कल हमें कम्पोस्ट पिट पर जाकर कम्पोस्टिंग की लाइव स्टडी करनी है।
बच्चों को वहाँ जाने के लिए गार्जियंस की अनुमति चाहिए।
वाह ! तुम्हें कम्पोसिटंग बहुत सारी जानकारी मिलेगी।
प्रिंसिपल सर ने कहा है चाचा जी भी हमारी वर्कशॉप में आएंगे।
भई, बच्चों से मिलकर मेरा दिल गार्डन-गार्डन जो हो जाता है !

बॉस ! गजब हो गया ! जिस कम्पोस्ट बिन में हमने अपना माल छिपाया था, वहाँ स्कूल के बच्चे स्टडी के लिए जा रहे हैं।
घबराओ नहीं, हम रातों-रात अपने माल की जगह बदल देंगे।
स्कूल वालों ने चाचा चौधरी को भी वहाँ बुलाया है। सुरक्षा व्यवस्था बहुत बढ़ा दी गई है।
हम्म्मम्म्मम ! यानी दुश्मन के खात्मे का एक और मौका !
अगली सुबह।
जिससे कम्पोसस्टिंग अच्छी तरह से और जल्दी पूरी होती है।
बच्चों, कम्पोस्ट पिट की परतों को पलटने से उसमें बन रही खाद को पर्याप्त हवा मिलती है।
टन्न !
यह आवाज कैसी ?
हमले का वक्त आ गया।
कम्पोस्ट पिट में जरूर कुछ गड़बड़ है !
खोदकर देखने से ही पता चलेगा।
हाँ, लेकिन जरा सतर्कता से !

आ गए बच्चू !
ओह ह ह ह !
अरे, यह क्या ?
ओह ह ह ह !
मुझ पर हमला करने की कोशिश में बेचारा खुद ही गिर गया।
मेरा फावड़ा इसी से टकराया था।
इसे किसी ने कम्पोस्ट पिट में छिपाया हुआ था।
अब बोलो ! इसी कम्पोस्ट पिट में पड़े-पड़े खाद बनना है ?
मुझे यहां से निकालो। मुझे खुजली हो रही है।
साबू ! फार्मूला नंबर 702! कूड़ामल लॉकअप में अपने साथियों को याद कर रहा है।
मैं इस डमडीगा को भी वहीं पहुँचा देता हूँ।
आऊ !
सरसराट !
निकलो ! यहां से !
वाह ! क्या शुरुआत है ! चाचा चौधरी और साबू का कमाल मचाएगा, अरुणाचल में धमाल !
हॉय ! मार डाला !!

चाचा चौधरी और सिंगल यूज़ प्लास्टिक
अरुणाचल।
प्रोफेसर ईविल माइंड की लैबोरेटरी।
आखिरकार आज मैं अपने प्रयोग में सफल हो ही गया!
75 माइक्रोन से कम वाली प्लास्टिक को इकट्ठा करके मैंने एक शैतानी आविष्कार किया है।
यह प्लास्टिक हजारों सालों में भी नष्ट नहीं होगा।
हा!
हा!!
© PRANS FEATURES LLP

प्लास्टिक के माइक्रो पोल्यूटेंट्स नदियों में मिलकर अंदर के पेड़ पौधों और जीव जन्तुओं को नुकसान पहुंचाएगी।
जमीन में दफन करने पर यह प्राकृतिक वनस्पति और जैव विविधिता को बर्बाद कर देगी।
जलने पर यह वायु प्रदूषित को बढ़ाकर आसपास के इलाके में लोगों में सांस और फेफड़ों से जुड़ी बीमारियां फैला देगी।
सिंगल यूज प्लास्टिक से बने मेरे शैतानी मोहरे का कोई काट नहीं है।
www.chachachaudhary.com
मेरा प्लास्टिक दैत्य प्लास्टो चाचा चौधरी के लिए मौत का तोहफा साबित होगा!
हा! हा! हा! हा! हा! हा!

ईविल माइंड के शैतानी इरादों से बेखबर चाचा चौधरी और साबू चैन की दोपहर बिता रहे थे।
खर्रर ! खर्रर !!
डम ! डम !! बड़ाम !!
प्लास्टिक को छोड़ेंगे, प्रकृति से नाता जोड़ेंगे !
थारंग साहब के बगीचे के फलों में कमाल का स्वाद है !
ढम ! ढम ! ढम !
हम सिंगल यूज प्लास्टिक फ्री बनाने पर काम कर रहे हैं।
चाचा जी ! यह वालंटियर ग्रुप की वीकली ड्राइव है।
??
हम घर घर जाकर प्लास्टिक के बैग की जगह इस्तेमाल हो सकने लायक यह थैले टोकरियां देते हैं।
कीमत आप अपनी मर्जी से इस डोनेशन बॉक्स में डोनेट कर सकते हैं।
यह सारे थैले महिलाओं की एक स्वयंसेवी संस्था ने बनाए हैं। यह पैसे उनको काम करने में मदद करेंगे।
हमारे ग्रुप ने सिंगल यूज प्लास्टिक पर एक थिएटर शो रखा है। आप दोनों को जरुर आना है।
हम जरुर आएंगे !

चाचा जी ! यह सिंगल यूज प्लास्टिक क्या होता है ?
सिंगल यूज प्लास्टिक ऐसे प्लास्टिक प्रोडक्ट्स होते हैं जिन्हें एक बार इस्तेमाल किए जाने के बाद फेंक दिया जाता है।
प्लास्टिक के प्रदूषण से ग्लोबल वार्मिंग बढ़ती जा रही है।
एक तिहाई प्लास्टिक हमारी खाद्य श्रृंखला और पीने के पानी में मिलकर उसे दूषित करते हैं।
कोई समाधान ?
3R ! यानी रिड्यूस, रियूज और रिसाइकिल अपना कर रोका जा सकता है।
अब से मैं सब्जी लेने में कपड़े के थैलों का इस्तेमाल करूंगा।
हम खरीददारी, गिफ्ट्स पैक, खाने पीने और सजावट के सामान में प्लास्टिक का जो इस्तेमाल करते हैं वह काफी हानिकारक है।
• प्लास्टिक इको-फ्रेंडली विकल्प
• प्लास्टिक बैग्स (खरीददारी) कागज/ कपड़े के थैले।
• गिफ्ट रैप्स (गिफ्ट्स पैक करना) कागज की पैकिंग
• डिस्पोजल बर्तन (खाना-पीना)
• कागज की प्लेट्स • लकड़ी के चम्मच
• प्लास्टिक डेकोरेशन (सजावट) फूल-पत्तियों/ कागज।
हम प्लास्टिक की जगह इको-फ्रेंडली विकल्पों का चुनाव कर सकते हैं।

तुम्हें लगता है यह सनकी साइंटिस्ट हमारे कुछ काम भी आएगा ?
कचरा सिंह ! ईविल माइंड का कमाल अभी तुमने देखा कहां है !
मेरे शैतान दिमाग का भी कोई जवाब नहीं ! तुम मुझसे क्या चाहते हो ?
अरे रे रे !
चाचा चौधरी से बदला।
तुम भी चाचा चौधरी के दुश्मन हो।
हम साथ मिलकर दुश्मन का वजूद मिटा देंगे !
इसी काम के लिए तो मैंने प्लास्टो का आविष्कार किया है !
प्लास्टो मेरे इशारों पर नाचता है। अंदर लगी चिप का कंट्रोल इस घड़ी से है।
वाह !
तड़ाक !
कड़ ! कड़ ! कड़ !
प्लास्टो ! ऐसे ही उस चाचा चौधरी का कचूमर बना देगा !

चाचा चौधरी और साबू थिएटर जाने की तैयारी कर रहे थे।
साबू कहां रह गए ? बच्चों के प्रोग्राम के लिए देर हो रही है।
मैं पानी की बोतल भर रहा था।
अपनी बोतल साथ ले जाना भी सिंगल यूज प्लास्टिक के इस्तेमाल को कम कर करने का एक अच्छा तरीका है।
रियूजेबल प्लास्टिक, सिंगल यूज प्लास्टिक से कम नुकसानदायक है।
रियूजेबल प्लास्टिक का प्रयोग सालाना इकठ्ठा हो रहे 3-5 मिलियन टन के प्लास्टिक वेस्ट में कमी ला सकता है।
हमारे थिएटर शो में आप दोनों का स्वागत है!
बच्चों ने स्टेज की सजावट में प्लास्टिक के बजाय हैण्डमेड चीजों का प्रयोग किया है।
यह सुंदर होने के साथ इकोफ्रेंडली भी हैं।

पर्यटक यही देखने अरुणाचल आएंगे ?
हम अपने पर्वत, नदियाँ और जमीन बचाएंगे। सिंगल यूज प्लास्टिक का इस्तेमाल घटाएंगे।
प्लास्टो आया ! चाचा चौधरी की मौत लाया !
बच्चों को डराना बंद कर प्लास्टो ! मुकाबला बराबरी का होना चाहिए।
हा ! हा ! हा !
यह पुतला जरुर किसी के इशारों पर नाच रहा है ?
मिल गया !
चाचा जी यह आपने कैसे किया ?
प्लास्टो दरअसल प्लास्टिक की बनी कठपुतली था, जिसे सिग्नल्स देकर कंट्रोल करने के लिए आंखों के बीच लाल रंग का ट्रांसमीटर लगाया गया था।*
धड़ाम !
*चाचा चौधरी का कम्प्यूटर से तेज चलता है।
धन्यवाद ! चाचा जी !
अच्छाई के सामने बुराई को फ्लॉप होना ही होता है।

चाचा चौधरी और व्यवहार परिवर्तन एवं सामान्य जागरूकता

अपना ख्याल रखना, मैं जल्द वापस आऊंगा।
मेरे प्रदेश का स्वर्णिम अतीत! प्रकृति की यह अनोखी छटा देखते ही बनती है।
भविष्य।
हे ईश्वर! मेरे उगते सूरज की धरती का ऐसा भविष्य? मुझसे देखा नहीं जा रहा।
प्रदूषण ने तो मछलियों और कछुओं तक का जीना मुश्किल कर रखा है।
समझ गया किपुंग कि तुम क्या कहना चाहते हो।
भौं! भौं!!

साबू, कसरत जल्दी खत्म करना। आज लोकल क्लीन-अप डे में जाना है।
चाची जी क्लीन-अप के लिए पार्लर ही जाती हैं। हम पार्लर में जाकर क्या करेंगे?
साबू यह प्रदेश स्तर पर आई. ई. सी. यानी सूचना, शिक्षा और संचार गतिविधियों का एक हिस्सा है।
आई. ई. सी. जिसने स्वच्छ भारत 2-0 मिशन में नगरीय इलाकों को कचरा मुक्त बनाने का जिम्मा उठाया है?
अभी को यह सिखाना है कि कचरा फैलाना हमारे पर्यावरण के लिए किस कदर हानिकारक है।
हम सब अपना कचरा साफ कर शहर को सुन्दर बनाएंगे, तभी टूरिस्ट यहां आएंगे।
शाबाश रिनचिन! चलो बच्चों, अपनी स्वच्छता रैली शुरू करते हैं।
बीमरियां दूर भागना है, स्वच्छता को अपनाना है।
चाचा चौधरी लोकल क्लीन-अप डे के लिए गेस्ट हाउस से निकल गया है।
स्वच्छता अभियान में होगा चाचा चौधरी का सफाया।

भारत सरकार ने 2014 में खुले में शौच को खत्म करने और कचरा प्रबंधन में सुधार करने के लिए देशव्यापी स्वच्छ भारत अभियान शुरू किया था।
इसका मुख्य उद्देश्य 2019 तक प्रत्येक ग्रामीण परिवार को शौचालय उपलब्ध कराना और स्वच्छता सुविधाओं का निर्माण करना था।
स्वच्छ भारत 2-0 मिशन में हम शौचालयों की साफसफाई, रखरखाव पर ध्यान देकर देश के स्वच्छ और स्वस्थ भविष्य की दिशा में एक और कदम बढ़ाएंगे।
इस बदलाव की शुरुआत भी बच्चों के हाथों होगी।
साफ सफाई अपनाएंगे, अरुणाचल को सुंदर बनाएंगे!
हम बदलेंगे, सब बदलेंगे!
हम बदलेंगे, सब बदलेंगे!
यह कैसा शोर है?
बीमारियों को भागना है!
शौचालय साफ बनाना है!
यह जरुर प्रकृति से खिलवाड़ करने निकले हैं।
लेकिन इस बार मुकाबला आर या पार का होगा!

चाचा चौधरी की जान खतरे में।
सीधा निशाना और दुश्मन का खात्मा!
वार दोनों तरफ से हुआ...
धांय!
धड़ाक!
कड़ड़बम!
भागो!
बूम!
धड़ाक!
यह हो क्या रहा है?
भागो!
यह जंगली बीच में कहां से आ गया! भागो!
प्लान चौपट हो गया!
फार्मूला नंबर 701!
क्रिपुंग! पहले माजरा समझते हैं।
हू-हूबा!
आहहह! मार डाला!
माफ कर दो!

दोनों को शहर की सफाई करनी होगी।
मंजूर है!
पहले जरा सड़कों को धब्बा मुक्त तो बना दो।
गंदगी फैलाने में इन दोनों का भी योगदान है।
टेनजिंग?
आप लोगों का काम देखकर स्वच्छ भविष्य की उम्मीद की किरण जगी है।
हम सब मिलकर अरुणाचल को स्वच्छ और स्वस्थ बनाने का वादा करते हैं, महान टेनजिंग।
अरुणाचल का भविष्य अब सुरक्षित है। मैं चला वापस अपनी समय यात्रा पर।
और इस तरह मिशन अरुणाचल भी कामयाब हुआ!
www.chachachaudharyindia.com

www.ingramcontent.com/pod-product-compliance
Lightning Source LLC
Chambersburg PA
CBHW062137120926
51082CB00091B/1210
9789394598379